DATE DUE

Las plantas

de distintos hábitats

Bobbie Kalman y Rebecca Sjonger

Crabtree Publishing Company

www.crabtreebooks.com

Creado por Bobbie Kalman

Dedicado por el personal de Crabtree
Para Charlie, Rowan, Sydney, Julian y Sebastian: los nuevos retoños de Crabtree

Editora en jefe
Bobbie Kalman

Equipo de redacción
Bobbie Kalman
Rebecca Sjonger

Editora de contenido
Kathryn Smithyman

Editora de proyecto
Molly Aloian

Editoras
Robin Johnson
Kelley MacAulay

Diseño
Margaret Amy Salter
Katherine Kantor (portada)
Samantha Crabtree (contraportada)

Coordinación de producción
Heather Fitzpatrick

Investigación fotográfica
Crystal Foxton

Consultora
Patricia Loesche, Ph.D., Programa sobre el comportamiento de animales, Departamento de Psicología, University of Washington

Consultor lingüístico
Dr. Carlos García, M.D., Maestro bilingüe de Ciencias, Estudios Sociales y Matemáticas

Ilustraciones
Barbara Bedell: páginas 6 (sol), 12, 30, 31
Antoinette "Cookie" Bortolon: página 10
Katherine Kantor: páginas 6 (primer plano de hojas)
Bonna Rouse: páginas 4, 5, 6 (flor), 15, 16, 18, 22
Margaret Amy Salter: página 6 (lupa)

Fotografías
iStockphoto.com: Loic Bernard: página 31 (parte superior izquierda);
    Marje Cannon: página 31 (parte central derecha); Jonathan Cook: página 24;
    Scott Garrett: página 17 (izquierda); Muriel Lasure: página 17 (derecha);
    Brian Morrison: página 30 (parte central inferior); Walter Oppel: página 30
    (derecha); Paul Senyszyn: página 11 (parte inferior); Todd Smith: página 11
    (parte superior); Daniel Tang: páginas 8 (parte inferior derecha), 31 (parte
    inferior izquierda); Michael Westhoff: página 18

Photo Researchers, Inc.: Geoffrey Bryant: página 19; Carlyn Iverson: página 15;
    Patrick J. Lynch: página 23
Visuals Unlimited: David Cavagnaro: página 14; John Sohlden: página 22
Otras imágenes de Corbis, Corel, Creatas, Digital Stock, Digital Vision,
    Eyewire, Photodisc y TongRo Image Stock

Traducción
Servicios de traducción al español y de composición de textos suministrados por translations.com

Library and Archives Canada Cataloguing in Publication

Kalman, Bobbie, 1947-
    Las plantas de distintos hábitats / Bobbie Kalman & Rebecca Sjonger.

(Cambios que suceden en la naturaleza)
Includes index.
Translation of: Plants in different habitats.
ISBN-13: 978-0-7787-8377-0 (bound)
ISBN-13: 978-0-7787-8391-6 (pbk.)
ISBN-10: 0-7787-8377-4 (bound).--
ISBN-10: 0-7787-8391-X (pbk.)

    1. Plant ecophysiology--Juvenile literature. 2. Plants--Habitat--
Juvenile literature. I. Sjonger, Rebecca II. Title. III. Series.

QK717.K3418 2006   j581.7   C2006-904553-4

Library of Congress Cataloging-in-Publication Data

Kalman, Bobbie.
    [Plants in different habitats. Spanish]
    Las plantas de distintos hábitats / written by Bobbie Kalman & Rebecca Sjonger.
        p. cm. -- (Cambios que suceden en la naturaleza)
    Includes index.
    ISBN-13: 978-0-7787-8377-0 (rlb)
    ISBN-10: 0-7787-8377-4 (rlb)
    ISBN-13: 978-0-7787-8391-6 (pb)
    ISBN-10: 0-7787-8391-X (pb)
    1. Plant ecophysiology--Juvenile literature. I. Sjonger, Rebecca. II.
Title. III. Series.

QK717.K3518 2006
581.7--dc22
                                                    2006025118

Crabtree Publishing Company

www.crabtreebooks.com   1-800-387-7650

Publicado en Canadá
Crabtree Publishing
616 Welland Ave.,
St. Catharines, ON
L2M 5V6

Publicado en los Estados Unidos
Crabtree Publishing
PMB16A
350 Fifth Ave., Suite 3308
New York, NY 10118

Publicado en el Reino Unido
Crabtree Publishing
White Cross Mills
High Town, Lancaster
LA1 4XS

Publicado en Australia
Crabtree Publishing
386 Mt. Alexander Rd.
Ascot Vale (Melbourne)
VIC 3032

Contenido

¿Qué son las plantas?

Las plantas son seres vivos. Producen su propio alimento a partir del aire, la luz del sol y el agua. Muchas plantas nacen de **semillas**. La mayoría de las plantas tienen **flores**. Las que las tienen, pueden tener una o más flores.

Los girasoles, los tomates y las rosas son tipos de plantas con flores. Otras plantas no tienen flores. Las hierbas y los **musgos** son algunas de ellas.

*Hay cientos de miles de **especies** o tipos de plantas que crecen en la Tierra. Este tipo de trébol es una planta con flores.*

Las partes de una planta

Hay plantas de distintas formas y tamaños. Sin embargo, todas tienen las mismas partes principales. Las **raíces**, los **tallos** y las **hojas** son partes que trabajan juntas para mantener viva la planta. Las raíces sujetan la planta firmemente al **suelo**. También absorben agua del suelo y almacenan alimento. El agua y el alimento viajan por los tallos hasta las diferentes partes de la planta. Las plantas producen el alimento en las hojas.

*Las flores contienen **polen**. El polen es un polvo que las flores necesitan para producir semillas.*

El tallo mantiene erguida a la planta.

Por lo general, las hojas son verdes.

La mayoría de las plantas tienen raíces que crecen bajo tierra.

La fotosíntesis

Las plantas verdes son los únicos seres vivos que pueden producir su propio alimento. Para ello usan luz solar. El proceso de producir alimento usando la luz del sol se llama **fotosíntesis**. Las plantas verdes tienen una sustancia en las hojas que se llama **clorofila**. La clorofila **absorbe** o toma la luz del sol. Después la mezcla con agua y aire. La planta produce el alimento a partir de esta mezcla.

*Las hojas absorben **dióxido de carbono**. El dióxido de carbono es un gas presente en el aire.*

Los gases entran y salen de las plantas a través de diminutos agujeros que hay en las hojas.

*Cuando producen alimento, las plantas dejan salir **oxígeno**. El oxígeno es un gas que las personas y los animales necesitan para respirar.*

El uso de los nutrientes

Las plantas necesitan agua y **nutrientes** para sobrevivir. Los nutrientes son sustancias naturales que ayudan a los seres vivos a crecer y permanecer sanos. Algunos nutrientes se encuentran en el suelo. A medida que el agua atraviesa el suelo, los nutrientes se **disuelven** en ella. Las plantas toman agua y nutrientes a través de las raíces. Luego los usan durante la fotosíntesis.

Las raíces de estas plantas jóvenes absorben agua y nutrientes del suelo.

Diversos hábitats

En todo el mundo se pueden encontrar plantas, que crecen en diferentes **hábitats**. Un hábitat es el lugar natural en el que vive una planta o un animal. Cada hábitat tiene distintas temperaturas y climas. En estas páginas aparecen algunos hábitats de plantas.

*Los **bosques boreales** son bosques enormes con muchos árboles. Crecen en lugares con inviernos largos y fríos y veranos cortos y frescos.*

*Los **bosques de árboles de hojas anchas** crecen en zonas de cuatro estaciones. Estos bosques están formados por árboles como arces, robles y olmos.*

*Los **bosques tropicales** crecen en zonas cálidas y reciben mucha lluvia.*

Las **praderas** son regiones llanas en las que crecen muchos tipos de hierbas. Estos hábitats reciben poca lluvia o nieve.

Los **desiertos** reciben menos de diez pulgadas (25 cm) de lluvia o nieve en un año. La mayoría de los desiertos son muy calurosos.

La mayoría de las plantas de las **regiones polares** crecen en la **tundra**. La tundra es una gran región de tierra llana casi sin árboles.

Las **montañas** son grandes picos en la superficie de la Tierra. El clima en los hábitats de montaña suele ser ventoso y frío. En las montañas altas crecen pocas plantas.

El agua que permanece en la tierra durante parte del año crea un hábitat saturado llamado **pantano**.

Las masas de agua, como lagos, lagunas, ríos y arroyos, son hábitats de **agua dulce**.

9

En el frío

La mayoría de las plantas de los bosques boreales son **árboles coníferos** o "coníferas". Las coníferas están adaptadas a su hábitat frío. Sus semillas crecen dentro de **conos**, que son cubiertas duras que las protegen del frío.

Verdes todo el año

La mayoría de las coníferas son de **hoja perenne**. Estas plantas conservan las hojas cuando el estado del tiempo es frío, ya que para producir hojas nuevas se necesitaría mucha energía.

En los bosques boreales se suelen encontrar pinos.

El musgo es una de las pocas plantas pequeñas que crecen en los bosques boreales.

Hojas enceradas

Los bosques boreales pueden ser muy secos. Gran parte del agua de estos bosques está congelada en forma de hielo y nieve. Las coníferas tienen hojas con forma de aguja, como ves a la derecha, que están cubiertas con una sustancia parecida a la cera. Esta cubierta les permite a los árboles conservar el agua que necesitan para sobrevivir.

En invierno, los bosques boreales están cubiertos de nieve. El peso de la nieve puede quebrar las ramas de los árboles. Las coníferas son angostas en la punta y anchas en la base. Esa forma hace que la nieve se deslice por las ramas.

Cambiar con las estaciones

Los bosques de hojas anchas están formados principalmente por **árboles de hojas anchas**. Las hojas de estos árboles son anchas y planas. En los lugares que tienen estaciones, estos árboles producen hojas en primavera, crecen en verano, pierden las hojas en otoño y permanecen **latentes** o inactivos en invierno.

Se acerca el invierno

En otoño, los días se hacen más cortos y fríos. Los árboles de hojas anchas pierden las hojas para ahorrar energía. Las hojas grandes usan mucha energía de los árboles. Los diminutos agujeros de las hojas dejan salir mucha agua.

Sin las hojas, los árboles pueden conservar los nutrientes, el alimento y el agua que necesitan para sobrevivir.

El cambio en la primavera

Después de que el árbol pierde las hojas, las hojas muertas añaden nutrientes al suelo del bosque. Estos nutrientes contribuyen al crecimiento de muchas plantas en los bosques de hojas anchas. En primavera, a los árboles les crecen hojas nuevas.

Las plantas pequeñas, como los **arbustos**, **brotan** en primavera. Les salen hojas y flores. Las plantas producen tanto alimento como pueden antes de que los árboles que están encima se llenen de hojas. Las hojas impiden que los rayos del sol lleguen al suelo del bosque.

Las plantas pequeñas que viven en el suelo del bosque florecen sólo en primavera. En verano, sobreviven a la sombra, pero ya no tienen flores.

En los bosques tropicales

Estas enredaderas se llaman lianas. Trepan por los árboles del bosque tropical para recibir la luz del sol.

En los cálidos y húmedos bosques tropicales crecen muchas plantas. Las enredaderas son plantas comunes de estos bosques. Al igual que los árboles, tienen tallos gruesos. Sin embargo, los tallos no tienen fuerza suficiente para llegar solos a un lugar en que reciban la luz solar. Las enredaderas crecen hacia arriba enredándose en los árboles y usándolos como apoyo. Con el tiempo, los tallos de las enredaderas crecen tanto que llegan a la cima de los árboles y absorben la luz solar que necesitan para sobrevivir.

No muchos nutrientes

Para crecer, las plantas necesitan nutrientes. El suelo de los bosques tropicales no tiene muchos de los nutrientes que las plantas necesitan, porque las fuertes lluvias los arrastran.

Sólo la capa superior del suelo tiene nutrientes. Para absorberlos, muchas plantas del bosque tropical tienen raíces que se extienden hacia los costados en el suelo en lugar de crecer hacia abajo.

Plantas aéreas

Las plantas **epífitas** son plantas aéreas. Sus raíces no crecen en el suelo. Las epífitas nacen de semillas que el viento dispersa. Algunas semillas llegan a grietas y huecos de los árboles y de estas semillas crecen las epífitas. Algunas de las raíces de estas plantas se agarran de los árboles. Otras crecen hacia el aire húmedo y absorben agua y nutrientes del aire. Las epífitas de la foto son orquídeas.

Las plantas de la pradera

La mayoría de las plantas de la pradera son un tipo de hierba. Las hierbas están bien adaptadas a las condiciones secas de la pradera. Sus raíces se extienden bajo tierra a fin de absorber el agua que necesitan para sobrevivir. Las raíces de estas plantas pueden ser mucho más largas que los tallos que crecen sobre el suelo.

La vara de oro silvestre es una planta con flores que crece en algunas praderas.

Estos zorros rojos viven en la pradera.

Árboles resistentes

La mayoría de los árboles no pueden vivir en praderas secas llamadas **sabanas**. No obstante, algunos tipos de árboles están adaptados para vivir en lugares secos. Los árboles de pradera suelen tener hojas pequeñas con textura de cuero que almacenan agua y evitan que los árboles se sequen.

Incendios frecuentes

En las praderas, las condiciones de mucho calor y sequedad pueden provocar incendios. Las llamas pueden quemar la parte superior de las hierbas, pero no las raíces, así que las hierbas permanecen vivas. Hay plantas, como algunos eucaliptos, que crecen en las cenizas de los incendios.

El baobab es otro tipo de árbol que crece en algunas praderas. Es resistente al fuego. Se quema mucho más lentamente que otras plantas.

Las hojas de acacia dejan salir muy poca agua.

Las plantas de desierto

Muchas plantas del desierto tienen raíces poco profundas que crecen hacia los costados. Estas raíces absorben más agua. También suelen tener hojas duras y enceradas que conservan el agua. La superficie de las hojas está cubierta de diminutos vellos que les dan sombra y las protegen del calor del sol. Para ahorrar agua, estas plantas pueden perder las hojas o permitir que se sequen.

Cactos comunes

Los cactos son plantas comunes en los desiertos de América del Norte. Estas plantas no tienen hojas, así que pierden muy poca agua. Los cactos almacenan en sus gruesos tallos casi toda el agua que absorben.

Este cacto grande se llama saguaro.

Las defensas en el desierto

Algunos animales del desierto sobreviven bebiendo el agua almacenada en las plantas. A veces maltratan las plantas para llegar al agua. Sin embargo, algunas plantas tienen defensas contra los animales sedientos. Los cactos tienen **espinas** o agujas puntiagudas duras en el tallo. Las espinas impiden que los animales muerdan la planta.

Las piedras vivientes, que ves a continuación, tienen **camuflaje**. El camuflaje consiste en colores, texturas o patrones que les sirven a las plantas para mezclarse con el ambiente que las rodea. Estas plantas se confunden con las piedras y guijarros del suelo para que los animales no las vean.

Las plantas polares

En el **Polo Norte** y en el **Polo Sur** no pueden crecer plantas. El suelo de esas zonas siempre está cubierto de hielo y nieve. No obstante, en verano crecen algunas plantas en los bordes de las zonas cubiertas de nieve.

La tundra

La tundra es la tierra que queda al norte de los bosques boreales. En invierno se congela, pero en verano la capa superior del suelo se derrite. Debajo del suelo se encuentra el **permafrost**, que es una capa de tierra que está congelada todo el año. En el suelo sólo pueden crecer plantas con raíces poco profundas.

Las plantas que viven en las regiones polares suelen elevarse a poca altura del suelo. También pueden crecer en grupos redondos. El tamaño y la forma de las plantas polares les ayudan a evitar que los vientos fuertes las dañen.

Las plantas de la tundra

En la tundra crecen bien las plantas como la saxífraga, las hierbas y los arbustos. Por lo general, estas plantas están inactivas durante el largo y frío invierno. Cuando llegan los días más templados del verano, las plantas crecen rápidamente.

Las plantas de la tundra, como esta hierba sauce enana, tienen muy poco tiempo para crecer cada año.

Las plantas antárticas

El **continente** de la Antártida está rodeado por el océano Antártico. Las frías aguas de este océano son más cálidas que la tierra firme. Los musgos y algunas plantas con flores crecen en la pedregosa línea costera que recibe el calor del océano. Las plantas no pueden crecer en la tierra helada que está más allá de la costa.

Las plantas de montaña

En los hábitats de montaña hay distintos tipos de plantas en cada lugar diferente. Los musgos crecen cerca de la cima. Más abajo, el clima es más cálido y húmedo. Allí crecen hierbas y plantas pequeñas. Cerca de la base de las montañas crecen los bosques boreales. Los bosques de hojas anchas suelen crecer al pie de las montañas.

El límite del arbolado

En la cima de las montañas altas no crecen plantas. Los árboles crecen en las laderas, pero sólo hasta cierta altura. El punto más alto en que crecen árboles en una montaña se llama **límite del arbolado**. Los árboles que crecen en este límite no forman bosques densos, sino que crecen separados unos de otros.

Los árboles de esta foto crecen en el límite del arbolado. Los fuertes vientos de las montañas impiden que los árboles crezcan altos y rectos.

Hojas protegidas

Al igual que las hojas de muchas plantas de
desierto, las hojas de las plantas de montaña suelen
ser gruesas y enceradas. Los arándanos de montaña
de la fotografía tienen este tipo de hojas. Algunas
plantas de montaña tienen las hojas cubiertas por
diminutos vellos, que les sirven de protección para
no congelarse. Las hojas de algunas de estas plantas
son enceradas y también tienen vellos.

Las plantas de agua dulce

Algunas plantas son **acuáticas**. Las plantas acuáticas viven en el agua o cerca de ella. Estas plantas suelen tener raíces cortas porque siempre hay agua cerca de donde viven. Las plantas acuáticas, como las totoras y las lentejas de agua, crecen en hábitats de agua dulce.

En busca del sol

Al igual que otras plantas, las plantas acuáticas necesitan luz solar para producir alimento. Algunas plantas acuáticas tienen partes que crecen sobre la superficie del agua para poder recibir los rayos del sol. Otras crecen debajo de la superficie. Sin embargo, deben estar cerca de la superficie para poder absorber luz solar.

Estas totoras crecen en una laguna de agua dulce.

Los nenúfares suelen crecer a la orilla de lagos y lagunas. El nenúfar tiene un tallo largo y grueso que se extiende desde las raíces de la planta hasta la superficie del agua. Las hojas y flores de la planta crecen sobre la superficie. Las hojas son grandes y tienen una cubierta encerada que las protege del agua.

Las plantas de pantano

Ciertas plantas crecen bien en los pantanos. Los **juncos** son plantas comunes de pantano. Muchas de estas plantas tienen algunas partes que crecen bajo el agua y otras que crecen sobre la superficie. En los tallos tienen tubos huecos por los que transportan aire de las partes que están sobre el agua a las que están sumergidas.

Los juncos son tipos de hierbas que crecen en el agua.

Plantas hambrientas

El suelo de algunos pantanos no contiene nutrientes. Algunas plantas de estos hábitats los obtienen comiendo insectos. La *Sarracenia purpurea* que ves a la derecha puede atrapar insectos. Usa un líquido especial para disolver el alimento y luego lo absorbe, como si fuera agua.

Árboles salados

Los mangles crecen en pantanos anegados cerca de los océanos. El agua que estas plantas absorben es **agua salada**, es decir, agua que contiene sal. Los árboles no pueden usar la sal, así que la dejan salir por las hojas. Los mangles tienen dos conjuntos de raíces. Unas sostienen el árbol firmemente en el suelo, mientras que otras salen del agua. Las raíces que salen del agua absorben el aire que la planta necesita para sobrevivir.

Las plantas autóctonas

Ciertas plantas que crecen naturalmente en una zona sin la ayuda de las personas se llaman **plantas autóctonas**. Las plantas autóctonas de un lugar están bien adaptadas a la temperatura, la precipitación y el sol de su hábitat.

Muchos animales dependen de las plantas autóctonas para obtener comida y refugio. El *Sorghastrum nutans*, los girasoles, los juncos *Carex blanda* y ciertas especies de liláceas son algunas de las plantas autóctonas de diversos hábitats de América del Norte.

Estos girasoles son plantas autóctonas de muchos hábitats de pradera. Las semillas de girasol brindan alimento a las aves y a otros animales. Las personas también les dan otros usos.

28

Recién llegadas

Las **plantas introducidas** a veces pueden amenazar el hábitat de las plantas autóctonas. Una planta introducida es una planta que no vive normalmente en ese hábitat. Estas plantas han sido llevadas al hábitat por personas, o han llegado allí arrastradas por el viento o en forma de semillas en el excremento de las aves.

Tomar el control

Las plantas introducidas suelen crecer rápidamente en su nuevo hábitat y usan todos los nutrientes, el agua y el espacio. Es posible que las plantas autóctonas que crecen en el mismo hábitat no tengan suficientes nutrientes, agua, espacio y luz solar para crecer bien. Los animales que dependen de las plantas autóctonas para obtener alimento y refugio, pueden encontrarse sin alimento y sin lugar donde vivir.

Esta salicaria es una planta introducida que crece rápidamente en los pantanos. Supera en número a muchas plantas autóctonas de este hábitat. En consecuencia, los animales, como patos y gansos, pueden quedar sin suficientes plantas autóctonas para alimentarse.

Las plantas y su hábitat

Las partes de cada planta le sirven para absorber agua, luz solar, aire y los nutrientes necesarios para crecer y estar sana. Según lo que has leído acerca de las distintas plantas que crecen en diversos hábitats, une las plantas de estas páginas a los hábitats que se encuentran a la derecha.

Hábitats:

1 bosque boreal

2 desierto

3 agua dulce

4 pradera

5 montaña

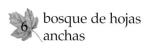

6 bosque de hojas anchas

7 bosque tropical

8 pantano

9 tundra

A

B

C

D

E

F

G

H

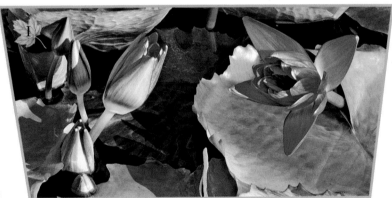

I

Palabras para saber

Nota: Es posible que las palabras en negrita que están definidas en el texto no aparezcan en esta página.

arbusto Planta de menor tamaño que un árbol

brotar Comenzar a crecer

clorofila Sustancia verde que se encuentra en las hojas de las plantas y se usa durante la fotosíntesis

continente Una de las siete grandes áreas de tierra del planeta: África, Antártida, América del Norte, América del Sur, Asia, Australia y Europa

disolver Proceso por el que algo se convierte en parte de un líquido

estación Cada uno de los cuatro períodos del año que tienen determinadas temperaturas y estado del tiempo; son el otoño, el invierno, la primavera y el verano

junco Planta similar a una hierba que crece en suelo húmedo

musgo Pequeña planta verde que crece a nivel del suelo y no tiene flores

Polo Norte Región del extremo norte de la Tierra

Polo Sur Región del extremo sur de la Tierra

regiones polares La tierra y el agua que rodea los polos Norte y Sur

semilla Parte de una planta con flores de la cual puede crecer una nueva planta

suelo Capa superior de la tierra; en ella crecen las plantas

Índice

Impreso en Canadá